Le Petit Poucet

Il était une fois un couple de bûcherons qui étaient si pauvres qu'ils décidèrent d'abandonner leurs sept fils dans la forêt, plutôt que de les voir mourir de faim. Mais le plus jeune des garçons, baptisé Petit Poucet parce qu'à sa naissance il n'était pas plus grand qu'un pouce, entendit la conversation de ses parents. C'était le plus petit mais aussi le plus malin et il décida de remplir ses poches de petits cailloux blancs, qu'il prit soin de semer tout le long du chemin. Ainsi, les sept garçons purent aisément retrouver leur maison.

Mais la situation ne s'améliora pas et les bûcherons durent se résoudre à les abandonner à nouveau. Cette fois le Petit Poucet n'eut pas le temps de remplir ses poches de cailloux. Il dut se contenter d'emporter le morceau de

pain sec de son petit déjeuner, qu'il émietta sur le chemin. Malheureusement, il les chercha en vain pour retrouver le chemin du retour : les miettes de pain avaient toutes été mangées par les oiseaux de la forêt !

Les garçons étaient désespérés. La nuit qui venait de tomber ajoutait encore à leur frayeur. Mais le Petit Poucet ne perdit pas courage et grimpa au sommet d'un arbre afin d'observer les alentours. Très loin, il aperçut une lueur. " Probablement une maison ! ", s'exclama le Petit Poucet. Il en informa ses frères et ils décidèrent d'aller dans la direction de la lumière.

Il s'agissait bien d'une maison. Le Petit Poucet frappa à la porte et une dame leur ouvrit. Il expliqua que ses frères et lui s'étaient perdus dans la forêt et lui demanda si elle pouvait les héberger. " Petits malheureux ! ", s'écria la dame. " Ici c'est la maison d'un ogre qui dévore les enfants ! " Retourner dans la forêt effrayait encore plus les jeunes garçons et, devant leur insistance, la femme de l'ogre les fit entrer en espérant parvenir à les cacher.

Mais l’ogre revint bien vite et, sitôt entré, s’écria : “ Mm ! Ça sent la chair fraîche, ici ! " Sa femme tenta de le persuader que c’était l’odeur de l’agneau qui cuisait mais il ne la crut pas et trouva bien vite les pauvres garçons.

L'ogre voulut les manger immédiatement mais sa femme lui dit qu'il valait mieux les nourrir d'abord afin de les engraisser un peu. " D'accord ! ", répondit l'ogre. " Donne leur un repas copieux et qu'ils aillent dormir dans la chambre des filles ! "

En effet, l'ogre avait sept filles, toutes endormies dans le même grand lit, chacune portant une couronne en or sur la tête. Les sept garçons se couchèrent dans l'autre grand lit, à côté de celui des petites ogresses. Contrairement à ses frères, le Petit Poucet ne s'endormit pas. Il se méfiait de l'ogre et eut l'idée d'échanger son bonnet et ceux de ses frères avec les couronnes des sept filles.

" Comme cela, si l'ogre a l'intention de nous égorger dans notre sommeil, il aura une très mauvaise surprise ! ", dit le rusé Petit Poucet.
Et il avait raison. C'est ce que fit précisément l'ogre qui choisit, bien sûr, les enfants coiffés d'un bonnet.
Sitôt que l'ogre fut reparti, le Petit Poucet réveilla ses frères et ils s'enfuirent à toutes jambes.

Le lendemain matin, l'ogre constata avec effroi son horrible méprise. Furieux, il ordonna à sa femme de lui apporter ses bottes de sept lieues afin de rattraper les garçons. À grandes enjambées, il courut, courut à travers la forêt, mais en vain. Las de cette course inutile, il vint s'affaler au pied d'un amas de rochers et s'endormit.

Le hasard fit que les enfants s'étaient justement cachés derrière ces mêmes rochers. Le Petit Poucet retira alors les bottes de l'ogre et les enfila. Ces bottes étaient magiques et avaient la particularité de s'adapter parfaitement aux pieds de celui qui les chaussait.
Le Petit Poucet dit à ses frères de rentrer au plus vite à leur maison et de ne pas l'attendre. " Je vous rattraperai ! ", dit-il. " Mais avant, j'ai encore une tâche à accomplir ! "

Le Petit Poucet retourna chez la femme de l'ogre et lui raconta que son mari avait été capturé par des bandits. " Votre mari m'envoie chercher tout l'or qu'il possède ! C'est la condition pour que les bandits le libèrent. Pour preuve, il m'a donné ses bottes de sept lieues afin de gagner du temps ! ", dit le Petit Poucet. La femme, convaincue que le Petit Poucet disait la vérité, mit tout l'or de son mari dans deux grands sacs et les remit au garçonnet.

Le Petit Poucet rattrapa ses frères à l'instant où ceux-ci arrivaient près de la maison de leurs parents.

Quelle ne fut pas leur surprise lorsqu'il dévoila le contenu des deux gros sacs qu'il portait ! Ainsi, grâce au malin Petit Poucet, ils vécurent tous heureux et ne souffrirent plus jamais de la faim.